ポンポン船ゆく

浜崎純江歌集

青磁社

ポンポン船行く＊目次

浜崎純江歌集

ポンポン船行く

海辺の家族

湾のなかを小さな船が行き来する対岸に見ゆ伊《い》方《かた》原発

沖の方がよく見える日は発電所の建屋三つが現はれてくる

入り来し亀をおさへて酒を飲ますしあはせに過ぎき海辺の我が家

頬つぺたをぷつと膨らめヒゲを剃る父がでてくる鏡をみてゐて

引揚げ者、三十八度線、露助《ろすけ》とか子供心に覚えしことば

お札の端のばしつつ父が言ひしこと勉強してゐるころが幸せなのだ

わがふるさと周防《すはう》大島《おほしま》と知れば友は宮本常一言ひ出づ　誇らし

黒板の左側に先生の机がある小学校の教室なつかし

作文口調

怒鳴りあひの喧嘩を息子とした後に動物的な愛情がわく

この家が今はあなたで息子とわれ包まれて生きてゐると思ふべし

夫来ていくつも用をなしながら時間がないと消えてしまふ夢

「今日は風呂に入れてもらつて気持ちよかつたです」作文口調で子が毎度言ふ

栗のやうにおいしい芋と言ひながら近ごろの栗はさう美味《うま》くなし

干草のにほひ

降りる時は海側のホーム　灯台がずつと変はらぬ位置に見えるも

蛸壺が広島駅に売られゐてざらざらとした蛸壺買ひぬ

夫ゐなくばおほきいことが無い暮らし　車で旅をすることもなし

父のにほひは干草のにほひおみやげは山の畑の真桑瓜なり

坂道の山の部落の溝川にあひるが飼はれ人見れば鳴く

携帯電話《ケイタイ》でふる里の墓所と繋がりていとこらの声右往左往す

日暮まで砂浜かけて遊びし日髪にもぐりし砂取る楽しみ

蚊帳吊りていとこと寝ねし母の里頭のうへを田圃の風くる

キャラコの割烹着

線量の調査依頼をするしない家族構成でわかれる近所

あなたならとつくに西へ逃げてるはず妻子を連れて後先思はず

夫のゐたころの勢ひのやうなものなくなりて屋根の瓦に苔が殖えたり

ＬＬ《エルエル》の息子のシャツを前に干す通せんぼのやうにぶら下がるシャツ

漁師より農家の方が上のやうな思ひが子供のころにありにき

行政を利用しなさいと皆が言ふ心に雪崩がおきさうになる

ふと我に帰るかのごと思ひ出す父母《ちちはは》と居た子供のころを

割烹着でクルクル働く母のために勉強してゐた小さいころは

粉を吹いたやうなキャラコの割烹着冷めたくて少し生臭かりし

ふる里へ帰りし友は馬づらで都会の方がよかつたと言ふ

畳敷きの待合室に陶の火鉢まんなかにありて医院はしづか

電話しつつ咳き込むわれに従兄言ふうちの家系の咳をしてゐると

生きていく単位

飴色に氷の板となりし雪路地の真中にいつまでも残る

カタイカタイ板状の飴ありしかな拍子木のやうに叩いて割りき

健康の意識調査が子にきたり勇んで二人で真剣に書く

今もまだ父居るごとく父のことにふれず気儘に暮らせる息子

畳の上に転がる橙　床の間のお飾り餅から夕べ飛びたる

生きていく単位は家族と今さらに思ひ至りぬ　二人残されし

冬の日が座敷の奥まで伸びてきて水たまりのやうな虹色生まる

ひととほり喋り終へたる我が息子あひづち打たねば引きあげて行く

床を這ふ冬のダンゴ虫うすくなり丸まるときの機敏さがない

島陰からぽんぽんぽん船が出で入るを父を待ちつつ眺めし日暮

岩で打つた小さな牡蠣を売りにくる一合枡に計りてくれる

胡瓜草

やはらかにハコベが咲けば思ひ出す鶏の餌に糠まぜてゐたこと

寂しくてラジオをつける　洗濯物畳みつつよけい寂しくなりぬ

はじめから独りの友に寂しさはないのだらうか　電話してみる

胡瓜草揉めば胡瓜のにほひする　胡瓜揉み食めば初夏《はつなつ》のにほひ

ぐるぐると水撒きホースを伸ばしゆけば小さいヤモリが弾き出される

手の爪にすぢが増えたり　カナブンの背中のやうな爪切つてをり

定家葛フェンスに沿ひて咲き満ちて通る速さに匂ひくるなり

はつぱうへ伸びてひろがる胡瓜草ぺんぺん草の風情になりゆく

パイナップル

感情を刺激する側だと言ひつつ右側に来て息子が喋る

俺の頭パイナップルか、本箱のガラスの奥に自分みつけて

またかよと嫌はれてをり血圧計抱へて子の部屋に居させてもらふ

来るといふ男友達頼みとす　薄毛になりて話し込むばかり

吐き出したやうにごつそり花落とし立つてゐる椿よつ辻のところ

退屈と言ひてはわれを強迫す福祉車輌を買はねばよかつた

助手席が車外に出てきて息子乗せカラクリ人形のやうに納まる

二人してヤマダ電機へ出かけた日気分良いのが互ひにわかる

ふる里を遠く離れて暮らす意味考へてひと日どうしやうもなし

酸漿を揉みほぐし種を出すたびに不可能に挑戦する思ひわく

朔日は金を使ふな

ねむる前にみる夢が好き広いひろいバリアー・フリーの平家建ててみる

ロンドン屋、山口銀行、千波屋《ちなみや》と母が送り来しタオル減りゆく

芝刈機のスイッチ入れれば庭の蟬張り合ふばかりに大きく鳴き出す

朔日は金を使ふな今になり実行してゐる父の口癖

言葉以外のことも伝へるテレビジョン党首同士の握手見てゐて

オスプレイが運動会のうへを飛んだ　岩国基地に近いふる里

二人して出かけてくるから守つてね五基の位牌に声かけて出る

バタン・キュー

まんまるのあの純《すみ》ちゃんはどこへ行つた、まんまるな我を知る従妹たち

従妹のこと羨ましくて波風のたつわが心早口になる

「西向ける弥生人骨冬ゆふやけ」再従弟《はとこ》の俳句覚えておかな

エレベーター脇の鏡で車椅子の自分をみてる子デパートに来て

振動する点字ブロック通るとき斜めにゆつくり車椅子押す

いつも寄る茶房の人らほほ笑みてさつと椅子どけ席作りくれる

ヘトヘトに動き疲れて眠るが好きバタン・キューなど言ひてたのしも

うつすらと雪景色のやう明け方を門までの砂利に月影差して

いちにちで辛夷の葉つぱどつと落ち空が現はれ電線つながる

あけぼの杉

プラモデルをセロテープ貼り組み立てる子供のときの息子かはゆし

俺だつて世の中の役に立ちたいと溜めしポイントユネスコへ寄付す

葉を落とすケヤキ並木の高い枝にカラスの古巣が現はれにけり

毒物を飲まされていく感じして三人並ぶ胃カメラ室に

あけぼのの杉に囲まれる医院いりこ出《だ》しのにほひ漂ふ待合室に

土浦の野菜カー来る安ければ汚染うたがふ高ければ買はず

カスタネット叩くがに鳴くジョウビタキ庭鉢のふち飛び跳ねて見す

杉垣の杉の実詰めて杉鉄砲飛ばし遊びきをみなごわれも

海と川と混じれるところ時化の日は船が繫がれ揃ひて揺れゐる

ギザギザハートの子守唄

春の庭に車洗ひつつ思ひ出すたんぽぽが好きな夫であつた

機嫌よく〈ギザギザハートの子守唄〉歌ふ息子をあなたに見せたい

六七《ろくしち》の祝《いはひ》を迎へし息子かな御祓《おはらひ》しないでよいのかと言ふ

ヒヨドリに食ひちぎられて辛夷の花さびいろに傷みふるふるふるふるふ

機械音に本を読ませるしかなくて窮する息子の読書の方法

朗読に頼る読書に眠くなりいかんなあと言ひ子はまた昼寝す

一軒の解体後《あと》に二軒建ち目が痛くなるまつ白な家

野バラ

ムービーで庭のさくらを撮りたればするどき鳥の声もとれたり

腰が痛い腕が痛いとわれ言へば息子が深いため息をつく

目と耳を休憩させると子が寄り来口も休憩してねと頼む

朝あさにラジオ体操一と二を正確にする窓に映して

巡り来るどの季節にも夫がゐて「ははのんきだね」言ひしよ母の日

好きと言へば夫は野バラを摘んで来ぬ　五月は野バラの咲き匂ふ庭

母の家から手紙と写真を持ち帰るひとり子われの送りしものよ

食パンのみみが食べられない母が娘のわたしにごめんねと言ふ

セロファン

町川の橋の下辺に自転車が落ちてゐて人が集まつて来る

人工の町川なれどどこまでも橋が見えるは郷愁をよぶ

ふるへつつぎくしやく歌ふ子の歌は物悲しいよ御詠歌に聞こゆ

ピンク色の小さいバラの垣根つづく砂利道白く蹴りつつ帰る

地縛《ぢしば》りと誰が名付けし引つぱれば地を這ふ茎につながつてくる

薄いから居るのがわからぬと息子言ふ畳にのびてわれ寝てゐれば

目の中で赤いセロファンがビリビリとふるへるやうなさみしさにゐる

ひとところ立ち籠むるやうな明るさの誘蛾灯見き梅雨の畦道

欲望のままにケーキを三つ食べ甘たるきかな考へることも

夏の茗荷

この歳になりてつくづく思はれる二人の兄が生きてゐたなら

ふんどしの時代の父は「三尺《さんじやく》」と言つてたことも忘れさうなり

探知機のやうに穂架が浮いてゐる身構へながら躲して通る

だみごゑの鴉がここらに住んでゐて蟬が啼いてもだみごゑで鳴く

公園に鴉のうはさしてゐればケヤキの木から鴉飛び立つ

勤め人であるわけでもなくなぜだらう土、日が来るとホッとするなり

をさなごが我が家に来たり襁褓したお尻がひつしにソファーをのぼる

夏の茗荷とおなじ背丈のをさなごが真似して茗荷の葉をなでてゐる

戸を開ければ真つ直ぐこち向く息子に会ふここでぼんやり待つてゐたのか

秋日和

秋日和に出てみる二人外の方が秋らしいねと真つ先に言ふ

日日《にちにち》の生活圏を散歩する肥えた息子と車椅子重い

家の前チラシを配る人にまで会釈をしてる車椅子から

椎木君は町長なれば何彼につけ数字を入れてふる里を話す

ふる里の道を思へば軒先にみんな出てくる昔の人ら

手の平の黄色くなりしを競ひあふみかんの島の子供のわれら

今だにもふる里の訛残るわれ二人ぐらしの息子も訛る

線路またぎ連絡船に走りし駅　六十年の歳月が過ぐ

「のちほど」

「普通」といふ言葉に敏感　言ひなほす「ふつうの人」から「ふつう人は」と

まごのてを使ひ終りて脇差しをしまふ仕草に置く息子なり

「のちほど」と言ひて昼寝する息子なり「あんたも休め」付け加へ言ふ

後ろから車椅子ごと抱きしめるときどき息子がリクエストする

カマキリを長い支柱の先に乗せわが敷地から外へ出したり

町内の路地をコの字に出で入りて歩数を増やすわたしの散歩

桜木の落葉を踏めばほこほこと洋酒の樽の熟れたにほひす

前後して連れだち歩く老い人の間《あひだ》に絆あるがみえるも

介護してゐますと言へば大量に湿布剤くれる慈恵医《じけい》大の先生

むらさきの糞

鳥たちと分け合ひ食べる庭の柿カラスも来れば少しく嫌だ

ふる里の大島みかんあたりまへに届きしころはたくさん腐らせ

腰掛けたままに眠る子を見守りつつ小一時間を寝入りてゐたり

上の棚に重箱あるを思ふだけ出さなくなりて四度目の正月

むらさきの糞染み出して落ちてゐる川の上から来た蝙蝠だ

雪晴れの庭にするどく鳥の声雪を蹴ちらし枝とび立ちぬ

眼がねはづす手つきが空《くう》を摑むことこのごろあれば心細いなり

男子部屋に母親のわれも寝泊りす細くて低い付添ひベッド

沖の方へ泳ぐ不安が兆しきてユーターンする今日の散歩道

やつと昼を座りしときに向かうからのつそのつそと車椅子来る

受け答へちぐはぐになりまた揉める二人きりなり延延もめる

喧嘩するは元気な証拠と隣が言ふ隣近所に守られ暮らす

庖丁研ぎの声が聞こえる　父親の砥石を出してわれも研ぐなり

かぐや姫

ひもすがら録音図書を聞いてゐる息子の部屋から笑ひ声する

いつぴきだけ蜂が尻下げ飛んでゐる古木の馬酔木の花咲く処

灰色のセーター脱いで置いてあるに息子はなかなが話しかけてる

春疾風すぎし芝生に蜂の巣が小さく破れてころがつてゐる

心晴れて人の言葉がよく解ると柏の町で息子が言へり

楽しさうに息子が喋ればすぐつられ私の声も元気に話す

白詰草野バラ小手毬エゴの花、白いちひさな花でいつぱい

電線にゐ並ぶヒヨドリ一羽だけ金柑くはへた黄色い嘴

かぐや姫が降り立つやうな戸の向かうふしぎに開ければ月が来てをり

これくらゐの暗さ

五月の風入りくる夕べの松葉カフェ二胡コンサートくつろぎて聞く

外灯のつづく夜道の明るさに映し出されて息子と帰る

年金が少しづつ減ると悲しめばそれでよいのだと息子が言ひぬ

抜きおきし蕺草のなか真つ白な十字の花が生き生き咲ける

家に居てもきれいな服でゐてくれと息子が言へり　夫は言はぬに

これくらゐの暗さと言ひて夕暮のキッチンに来て眼の具合いふ

出かけない暮らしも好きよ連休にハーブオイルで食器棚拭く

電柱が動いてゐたり電柱は動かせること隣人に聞く

芝をつつきトコトコ歩く椋鳥はスケッチのやうな影連れてゐる

茗荷の葉の茂る中より飛び出して猫がにげたり　夏の庭隅

パソコンが見てるといふからパソコンにダンボールかぶせノートを開く

漱石を喋る息子を洗ひつつ泣きたいやうな頼もしいやうな

ふる里へグーグル・アースで飛んでゆくすーと海辺の集落に着く

柱には鏡が下げてありし家ほがらかな母が顔映していく

魂がびつしり浮かぶ空間を生きてゐるやうな気がする　ふつと

呪文

もういつもわたしの傍にゐる息子　慣れねば慣れねば呪文を唱へる

立ち上がり登つて来さうな顔をして階段下で息子が見上ぐ

あの人との幾年月を思ひをり　変な人だつたがおもしろかつた

天然に育つ青紫蘇、茗荷、パセリちよちよつと摘めば香れる夕餉

手を握り支へてもらつた眼科医院　よい日だつたと息子が言へり

検査用の椅子に移るもひと苦労すわりの悪い置物のやう

行く所行く所ごとすみませんをたくさん言つて帰つて来たり

ひとりごとよく言ひをりし夫のこと寂しかつたのだと息子が言へり

子の話すを聞きつつはるか故郷の浜の焼けつく砂思ひをり

仕合せ

台風の雨降りだせば早く昏れて電信柱の外灯ともる

憎しみがこもつてゐると言はれつつ介護してゐる今日は朝から

毛の薄くなりたる息子の後ろ頭見つつ秋の日車椅子押す

仕合せになりたいと思ふ仕合せは自分で感じるものであるから

園芸種の薄なれども広がりて原のそよぎをしてゐる庭に

松茸は七輪で焼いて手でさいて料らずに食ぶ　父の居た秋

七輪でじゆうじゆう黒煙上げながら卵の油作りゐし母

海風にあたれば少しく重い髪子供のころも日暮はさみし

われのこと自慢の娘と言ひし母わたしに似ないでよかつたが口癖

車椅子にラジオ体操してる子は首回すとき目玉まはしをり

頭《づ》の中で何倍も早く喋つてると息子もどかしく電話切りたり

「差別のない世の中がいつか来ますやうに」子に伝へれば「来ない」と言へり

口に出せばさうなつてしまふと子が叱る出かかりさうを呑み込む言葉

「まっかな秋」

三歳の重さを抱き上ぐ見当もつかぬ小さな子供の重さ

スマホから聞かせてもらふ「まっかな秋」歌ひしをさなもいつしよに聞けり

五人ゐて輪唱をせり「カエルのうた」息子も最後を追つかけてくる

ハイタッチ、交して帰る幼子はいちばん弾んで帰りゆきたり

ああだつたからだつたねと次の日もをさなの影が家中にある

マジックで登場人物書いて貼り音声図書に目を閉づる息子

まづ二階が開かなくなるのが始まりと孤独死を話す門先に立ちて

晴れわたる立冬の日を開け放ち親子ゲンカがつつぬけになる

ことごとく誤解が生じるいち日に格闘技ほどの疲れが残る

海辺の町

流れ着き不本意にくらし始めたる海辺の町がわれにはふる里

地域全戸たぐれば繋がるやうな地区住みにくかつた父母おもふ

集落の端とはじとは海に出る町名に付く東《ひがし》、中《なか》、西《にし》

掃溜めに鶴と言はれて好《い》い気なもの挫折を知らず育ちしわたし

隣り家は島一番のぶげんしやで伊予の出なれば「伊予屋」の看板

息子の目玉

正月に植ゑしパンジー四月来て老けたかんじに咲き盛りをり

息子にはわたしの涙も見えなくて鼻かめば泣いてゐるのかと言ふ

目にすれば俺のだと言ふ裁縫箱無断でわれが使ひて久し

顔と顔ぶつかるほどに近づけて息子の目玉がわれを見つめる

目と耳の不自由を比べ言ふ人が聞こえぬ方が孤独だと言ふ

仏様も一緒にくらしてゐる日日《にちにち》けふの息子は仏の肩持つ

痛いところだらけの息子を摩つたり揉んだりしながら暮れるこのごろ

痔になぜに寺が付くのか痔持ちの子が切羽詰つた声で言ひ出す

パソコンでステージ4と知りたればイタイイタイと堰切つたやうに

外来でその場の手術となる息子カーテンの外でわれは待つのみ

病院の駐車場にて満開の桜を見てるひと呼吸つき

歩いても行ける新線の駅あたりタワーマンションが夜空に浮かぶ

方丈さん

この墓地に眠りて土に帰りたい方丈さんにお願ひをせり

前の仏が土になるまでは入れんよ、 まだまだ元気で居《を》りんさい、 と言はる

波戸に沿ひ車の通る道ができ海のにほひがくるを吸ひ込む

波戸に背を凭せて従妹となつかしむ間近く連なる山の名言ひて

みな貧しくかかはり合ひて暮らしてた通りに立ちてただなつかしき

この一歩

せつかちな母と夫がゐなくなり我動かねば何も動かず

暑すぎてひと部屋に籠りゐる親子互ひの父の思ひ出語る

にぶき音たちて息子が落ちてゐる床にうつぶせ何も言はない

抱き起こす角度さがせどグルグルと子の尻すべつて持ち上がらない

しかたなくその場にそのまま寝かせおく枕と座蒲団やつとこ当てて

頼ること苦手なわれはこの一歩が踏み出せなくて沈没しさう

がんばつてがんばつて利用しなければ切羽詰つてゐないと言はる

できること少なくなりて目を瞑る息子の傍でわれは歌つくる

十五年一緒に老い来しクラスメートそれぞれの苦難言へる仲なり

発表はうまくできたか、待ち構へる息子が戸口で必らず聞きぬ

無花果を泡立てながら煮てをりぬひと山ほどを道端で買ひて

年の近いいとこ五人がケイタイで短く日々を連絡取り合ふ

朝あさにラジオ体操するわれを見ては息子が体調言ひ当つ

二羽で来る鳩までわれをあまくみて追ひ払へどもゆつくり飛び立つ

振出し

煮しめ煮て鍋のままにて年が明ける二階の窓より朝日を拝む

正月に子を洗ひつつ振出しに戻つただけの新年始まる

既製服の白のセーターうれしかりきまだまだ戦後の正月のとき

わかりやすい欲求不満解消と息子に言はるたくさん服買ふ

親子だから縁切るわけにもいかなくて邪慳にすればよけい寄つてくる

弱い者いぢめしてゐる後ろめたさ車椅子来ない二階へ逃げる

全聾の片耳に残る耳鳴りに狂はむばかりの息子の日日《にちにち》

真夜中に起きて暴れる息子とゐて仏壇の夫をつよく恨む日

どうなつてもうかまはない覚悟してもらつてあつた薬を飲ます

午前二時に起されたまま起きてゐる　遠く近くの朝の音聞こゆ

大寒の夜明けの空にまるい月わたしはここよ父母《ちちはは》に言ふ

こんなにも気持ちが変はる次の日は掃除　ふとん干し、介護に精出す

短期入所

カップ麺に頭突つ込みカラス行く運転中の視界横切り

帰り来て梅のかをりが満ちてゐる車庫に息子としばらくゐたり

キッチンに息子寄り来てよく話す相槌打つたび子に顔向ける

久久に穏やかな時がうれしくて「朝はどこからくるかしら」歌ふ

橋幸夫がアイドルのころ食パンが十七円をいまだ忘れず

この家から何がなんでも出たいと言ひ短期入所に子は行つてしまふ

お母さんもゆつくり休んでくださいよ、背中に手を当て看護師さん言ふ

ただ無事でゐてくれと願ふ五日間おもつたとほりいちいち電話来る

帰り来てひと日の流れを話しながら息子はふかいため息をつく

ひと匙づつ五人の口へ食事はこぶ次のひと匙口あけて待つと

介護する人の気持ちがわかるから息子の訴へひややかに聞く

訪問介護

実生から一メートルに育ちし木くすの木だからと庭師抜きたり

何年かに一度の聞き取り調査来る息子いろいろ触られてをり

なりゆきに任せてゐたら介護士が来るやうになり忙しくなる

入浴のサービス受ける風呂場から男同士の会話聞こえ来《く》

風呂場から聞こえ来る声聞いてゐる男同士の声のなつかし

まだ慣れぬ訪問介護に客人を迎へるやうに部屋片付ける

着替へさせる顔近づきて笑へども息子の瞳は空《くう》をみてゐる

真つ暗かと息子に問へば違つてたすこしく気持ち明るくなれり

V サイン

介護受けて半年になる話し合ひの部屋にカメムシがゐるを見つける

われに当たる息子の気持ちわかりつつ応戦してゐる二人ぽつちで

こんなにも介護を受ける人がゐる道路に出れば介護車が来てる

後ろ向きに車椅子引かれスロープを降りる息子がVサインくれる

わたし達の祖父《ぢい》さん祖母《ばあ》さんは同じ人よ従妹の励まし説得力あり

春日差せばなにかしあはせ庭に出て甲羅干すごと芝生にしやがむ

キンキンとわが心にも跳ね返り息子に向かふわれの大声

排泄のうまくいかずに怒り泣くは本人にあらず母親のわれ

無表情無言でゐたる子がボソと「介護殺人もあるわけだよな」

五年日記の今日を書くとき繋がつて苦しくなりぬ　二人の日日

十分ほど草抜いてくると庭に出ればストップウォッチ子が携へる

俺の目になつてくれると言つただらう、たびたび出してくる息子の切札

ヒヨドリが今日は集まる辛夷の木ふくらんだ蕾震はし食べる

山帰来の葉

テレビに笑ふ自分にをかしくまた笑ふ五月の連休家にこもりて

頭ほどの牡丹花いつぱい咲かす庭花も住む人も好みにあらず

「疲れてる」息子が訊くから「疲れてる」即答ののち「すごく」と言ひ足す

日中もぐつたりしてゐる息子のはず人来れば冴えた会話してをり

兄達がゐてくれたなら　引揚げの途に亡くなりし顔知らぬ兄

川の字に親子三人寝ねしまま朝が来て父は亡くなつてゐた

山帰来の葉つぱで包む柏餅食べたいなあ五月が来れば

「見えないとつまらない」子は一日中うつらうつらと寝てゐるばかり

子の背をさすりてやれば我の背をさすりてくれる息子の気持ち

七十とは言つてられない、 自分より倍の重さの息子引き摺る

摑まつてゐないと自分が無くなりさう柱をつかんで治まるを待つ

子の息が止まる気配に目がさめる獣のやうなわたしの眠り

孫の手

七月の笹かざり立つ団地広場雨にうたれた短冊散らばる

張り付いてゐるごと息子が傍に居る慣れなくてはと思へど慣れない

嗅覚とへうきんなとこは残りゐて親子で笑ひが止まらぬ時ある

牧場でお茶出してゐるところなのに息子に呼ばれて夢が覚めたり

苦しい時たたけと孫の手子に持たせ朝五時の庭で草抜く

花の名はいちど知つたら覚えられる人の名はすぐに忘れてしまふ

若いから大変だねえお母さんも　息子の先が長いことらし

苦手なことも習慣にして克服する、夫の晩年の手帳に書かれあり

俺たちが習つた通りの介護ですと着替へさす時われほめられる

サービスを受けたくないと息子言ふいつもと違ひ叱る気になれず

車椅子が浮き上がるほどの声あげて北北西に叫び始める

ショートステイ

ふる里の家に寝てゐる母を起こし買物に出る　夢と思へず

ショートステイに息子行きたり駅ホームにわれは旅情の風にふかれる

置いてくればそれから先は祈るのみ気持ち切替へ東京へ行く

東京がわたしを呼んでると夫に言ひ笑はれてゐたこともなつかし

お母さん楽しんでるか、施設から電話かかり来ビンビン聞こゆ

まつさらな青

黙り込む時間増えきてガラス戸に映る向きみて推し測るなり

泣きごとはいつさい言はないこの息子　父親に似てよかつたこれは

おしめ当てて我をカルチャーへ送り出す気をつけてねといつもの言葉

パーマかけしわれを息子に見せたくて視野に入る場所に頭動かす

車椅子にワルツ聞いてる子の両手足先はつか踊つてゐるよ

すみちやんに引つ掻かれても頼るしかないと息子が真夜中に言ふ

カーディガン着たまま眠る寝付き良くすぐ目が覚める自分がいとし

仏壇の扉を閉めて捨てに行く　夫愛用の大きステレオ

後回しにしておく余裕のない齢《よはひ》来る日も来る日もすること多し

凧糸をぐうーつと引きよせ風に乗せる男《を》の子つぽいよはなやまあきちやん

引つぱられ女子《をみなご》も上がつて行きさうな勢ひで凧が寒風に乗る

びゅんびゅんと上がりゆく凧を追ひかけて見上げる空のまつさらな青

真夜中に時間きく子に腕をたたき信号送るベッドの下から

バスタブ

カーテンの向かうに誰かゐる部屋で息子の短期入所始まる

らうか側の戸のみ明かりが入る部屋息子を残して立ち去りがたし

園に暮らす人らはみんな両親がゐないのだらうか来るたび思ふ

淋しくてもつまらなくてもこの家で二人でずつと暮らしていきたい

よつこらしよと子の車椅子に掛けたれば一瞬息子の顔がかがやく

夫ならどうするだらうと考へる　実行力のある人だつた

肘のせて練炭火鉢にもたれてた母思ひ出す母の気持ちを

さ緑の柿の木下で庖丁をいつしんに研げばリズム生れゐつ

大風の音聞こえるかと聞いただけで子との会話が嚙み合はなくなる

バスタブが運び込まれて息子の部屋初めて受ける訪問入浴

入浴ショー見てゐるかのやう三人が同時進行に息子を洗ふ

肉親は少ないままになほ減りて願ふはわれが最後になりたし

ゆすらうめ

青臭い五月のにほひ強くするとれたて絹莢の筋取りてゆく

何もかも関係づけてしまふからこんがらがつて子が叫び出す

まちがひを正してやらうとするほどにお互ひの声大きくなりゆく

長男と長女と言ひて仲裁に入り来し夫もゐなくなり久し

夜の蛾をたたけどしつこく逃げまはり対等の頭脳あるごと消えつ

同じ夢くり返しみる崖つ縁の道が途切れて海になつてる

赤い色の薔薇集めたる我が庭にアスピリンとふ白薔薇咲けり

ゆすらうめ今年も赤い実さはにつけ鳥と介護士さんが食べて行く

夕されば二階と下を分担し雨戸を閉めた夫と二人で

故郷の墓に夫をねむらせて墓参もできず子を守る日日

おまへならと信頼されてる思ひありて応へてゐる間に八年過ぎき

すみちやんと俺にはやさしかつた、父似の息子が時折言へり

沖家室島

二歳児の行方不明のニュースだけど周防大島の景色にくぎづけ

坂道の左右に広がるみかん畑夏の摘果が終ったころなり

蛸壺が縄でつながり転がれり漁のない日の波打際に

玉入れの玉のやうにムクドリ庭にゐる先ほど空に見し集団か

けふこそはと午前中には働けり午後はこの先を考へてしまふ

葉が散れば小さなつぼみをつけてゐる十一月の終りの辛夷

小母さんは鼠のやうな顔をして寝てゐたと言ひ泣いてゐた母

豚カツとトマトにソースかけて食べた沖《おき》家《か》室島《むろじま》のとほき夏休み

生きたいの、息子に問へばへうきんな表情をしてうなづいてゐた

タンタタン、ステップ踏んでゐるみたい鴉が橋の欄干わたる

二階から初日に向かひ早口に今年の願ひを言ひて手を打つ

雲といふ字

目をつむりベートーヴェンを聞いてゐた息子の部屋に立つてゐる　また

ショートステイ終へて帰つてくる時の生き生きとした顔を忘れず

位牌にはいふ雲といふ字をいただきぬ空をかけてる息子が見える

父親に会へただらうか一卵性父子と言はれし親子でありしよ

ドア開ければおかへりの声今はなしドアに向きゐて待ちかまへし子

入ればすぐストップウオッチ聞かせる子何時間何分われの外出

笑つても返してこない　我の顔まつ黒に見ゆると言つてゐた息子

パソコンも電子ブックもステレオも子に教はりしを箇条書にす

幸せだつたね

ぱつたりと訪問入浴来なくなり小一時間のにぎやかさ消ゆ

順じゆんに東の部屋から日が差してひとりぼつちのわれの一日

かけ算を教へし大きボード出し息子の写真を隙間なく貼る

両親を信じきつたる笑顔して　幸せだつたね全部ぜーんぶ

この家のああどこにゐても子が出てくる逆縁は修業と住職言へり

ふる里の海辺の町で思ひ出とひそかに暮らす考へがわく

牛の出る天神祭りの行列についてて歩きしふる里の道

車椅子

車椅子が壁につけたるキズ跡に添ふやうにして車椅子置く

春日中息子の部屋に佇めば時計の音がおほきくなりゆく

ラジオつけて暮らす日日百歳を越えし舅がすすめてくれし

あひたくてあひたくてと歌聞こゆ涙あふれて我がことに聞く

吾のはうが守られてゐたと思ふ日日五十年間息子とゐた日日

くやしさを我にぶつけて荒れし子よ女親なれば助けてやれず

すみちやんのために生きてる、子の口癖ほんたうだつたと今更わかる

お泊りに出かけてゐると思ひみる　しよんぼりとした顔が出てくる

五年日記

十年は自信がなくて五年日記息子が選んでくれしはピンク

上の段みれば去年のをとしの息子の日日《にちにち》押しよせて来る

うるしの赤と思ひて拾ふさくらの葉終る五年日記に挿む

五段あるいちばん上の年なれば過去の苦しさ目にふれず書く

裏側の暮らしもあると北窓のすりガラス越しに動く影みる

長い一日がけふも始まるやることを紙に書き出し自分を励ます

ビンにさすあぢさゐの花　茎も水も青すがしくてわが誕生日

恥づかしさがこみあげてくる髭つけてわれヒゲダンスを踊りしむかし

子と我と戦ひの日々だつたのに良い時ばかりがうかび来るなり

車椅子を足で漕ぎつつやつて来て息子が我をつかまへしこと

家族みなこの家のどこかに隠れてる五月の晴にそんな気がする

夕暮がいちばんさみし窓の外小鳥が斜めに降つてくる見ゆ

父子草

子の一生をまた考へてゐる選ばれて生まれてきたと一度言ひにき

夫逝きて十一年が過ぎにけり私も庭もだいぶ変はつた

油断すると息子が出てくる頭振つて思ひを飛ばす　今日を生きねば

父子草埃のやうな花かかげつながつてゐれば抜けないでゐる

息子のことたくさんたくさん話せたり少しく自慢もしてしまひたり

子のエンピツを削りつづけた長き日々エンピツ削ればまた子を思ふ

工作は父子で作るうれしさうに息子は出せり家紋を彫りて

ふる里へ子をつれて帰ることもなし　母はさみしさ一度も言はず

娘の幸をひたすら願ひほがらかに母はオルガンひきつつ歌ひし

自由なる二十四時間に慣れなくて白熊みたいに行つたり来たりす

「好きあうちよるよ」

うで組んで母と出かけたふる里のやまをか下駄屋、氷ロンドン屋

ピョンピョンと飛びあがつて見る　ふる里の今は入れぬ塀向かうの庭

ヒーヒーと息をすふとき機嫌わるい父でありしよ近付かずゐた

海を背に野外映画をみし浜辺「好きあうちよるよ」だれかが言ひき

鍋底の餡にころころころころがしてできたぼた餅くれし伯母ちやん

川に沿ひて牛小屋があり木の橋が家あるところにかかりてゐたり

麦畑のやうにゆれゐるゑのころ草なでられたくて手の平あてる

人声がうれしくて我の声はづむ元気になつてよかつたと言はる

たのしきは母の実家でいとこ五人青蚊帳吊りて寝た夏休み

ふるさとに住む親戚もゐなくなり本堂裏にならぶ墓たち

両親も伯父たち従兄もねむる墓所、名字のちがふ夫もねむる

息子の時計

けんくわしてるやうな鳥声顔出すと電線に移りしらんふりする

生き死には関係ないよ父母、夫、息子と暮らすひとりの家で

どの服にも名前書いてありけふもまた捨てられないで元へもどせり

童謡をわれにうたはせ録音せり施設に入つて聴くのだと言ひし

病院に行くたび体重計りし子車椅子ごと機械にのりて

スイッチ押せば大きな声で時間いふ息子の時計をわたしが使ふ

われ二十歳《はたち》都会の速さに歩くとき転んでしまつたアーケード街

水道のやうに

去年の今に息子はゐないどうやつて過ぎて行きしかこの一年は

われと共に終つてしまふ部屋の家具ながめてゐれば過去に入りゆく

ソロバンはおまへの時代には無くなると習はせてくれぬ父でありしよ

夫に問へばやつてくれしよ子に問へば教へてくれしよ頭寄せ来て

ひとりごと言ひて過ぎゆくけふの日をこんなものさとまた独り言つ

炬燵にはひり如月の路地の音を聞くホームズのやうに推理してみる

カラカラと落葉を掃けり車椅子を押すこともない庭のスロープ

みかんの中に葉付き橙ひとつ入れ送られて来し　本家ありしころ

魚臭いと母はなじめぬ漁師町われにはふるさと知らぬ路地なし

前うしろ反対に羽織着てをどる大人の踊りポカンと見てゐた

絶え間なく人は何かを考へてる水道のやうに止められたらなあ

結局は人間性がいちばんとしあはせな友みて思ふかな

水仙のかたまり咲ける散歩道ほしくてしばらく立ち止まりたり

十余二

れんげ畑をころがり遊んだ春が来るれんげはどこか肥《こえ》のにほひす

この町に住んでゐること不思議なり遠く瀬戸内の島に生れしよ

ふるさともハワイのやうになりはててみかん鍋とふなじめぬ料理

われよりももつとおばあさんどんぐりを杖で集めてゐる散歩道

服買つてけふはうれしもばかだなあ四基の位牌が笑つてゐるなり

いちにちに何度も思ふこのさみしさ子に味あはせなくてよかつた

虎刈りになつてしまつた子の頭やがて上手になつた年月

雨ふれば辛夷の花びら乳色に厚みをましてみな垂れてゐる

二の六と書かれし工具袋の中息子の鋸はよく切れるなり

不満言はず力いつぱい生きた子を自慢に思ふさみしい時に

親子して十余《とよ》二《ふた》の園に通ひしははるか昔の夢のごとかり

十あまる二はすごいこと、子が言へば十余二の地が好きになりたり

鳥の声

子と妻を安全な場所へ移し終へたかんじに夫は死んでしまへり

なんでもない会話なつかしズズズズズズ鳥のなき声多い夕ぐれ

鳥の声こんなに多い秋の夕、家族の会話われにもうなし

冬が来て夏がよかつたと言ふなよと子に言はれしを思ふ猛暑日

補聴器を下げる袋がたくさん出る我がこつこつと縫ひ溜めし袋

今のわたし追加のやうな日日とすきなだけ庭に長く出てゐる

お骨になりし息子と暮らして早二年いつぱうてきに声かけながら

時どきはお骨を二階へつれて行き半日ほどを置いておきたり

はじめての一人旅よと送り出すゆうパックにて骨壺送る

はじめての一人旅なり我もまた位牌四基を鞄に入れて

喪服着るときだけに帰る故郷になつてしまへり周防大島

海境

大畠《おほばたけ》のホームに立てばキャリー引く若者も海をじつと見てゐる

柏つ子でありし息子を遠き地にねむらせることすまなく思ふ

ふるさとは家族の住まぬ墓がふえ造花がならび変ににぎやか

海の青手にすくふ砂のあたたかさ　今さら島に戻れはしない

浜の砂を何度も送つてくれた母「孫どの娘へ」箱に書かれて

大切な海と浜辺にヤシの木を植ゑておしやれな島のホテルは

海境《うなさか》に四国がぼおつと見える浜むかしのやうにポンポン船行く

天気予報の声がちがへば旅にゐるさみしさがくる　一人旅なり

何ごともなく過ぎる日のありがたさ叩きをかけて掃除にはげむ

家族だけで濃く生きてきた五十年ふりかへりみれば幸せだつた

あとがき

私のふる里は瀬戸内海に浮かぶ金魚の形をした小さな島です。島を出て五十五年が経っていました。ほとんど帰ることのなかったふる里。

去年の秋、息子の三回忌に帰郷しました。子供のころのふる里が無くなっています。人も見かけない、家も無い、道路だけが広く立派になっていました。一番びっくりしたのは本堂裏の墓地、眼下に入海が見え、浮かぶ小さな島影からぽんぽん船が今も行きかっています。墓の花は樒《しきみ》で、墓地は緑一色だったのに、色褪せたにぎやかな造花だらけでした。月見草も咲いていませんでした。

私の第一歌集『真風《まじ》』上梓のころからちょうど十年間、息子と二人の日々が続きました。次々起こる身体的不自由を愚痴ることも一度もなく、何事にも全力投球、明かるい子でした。二〇二〇年秋、息子は亡くなりました。息子を歌集の中に残してやりたくて、第二歌集『ポンポン船行く』を編むことにいたしました。

二〇〇〇年一月からＮＨＫカルチャー柏、花山多佳子短歌教室で短歌を習い始めました。読むのも詠むのも初めてのことでした。花山短歌教室で私を学ばせることが息子のできる親孝行と言って、私をずっと教室に通わせてくれました。

今回も花山先生に選歌からずっと寄りそっていただきました。装丁は花山周子さんにお願いしました。息子が何より喜んでいることです。永田淳様には今回も大変お世話になりました。長く塔へ欠詠をしていた私をずっと励まし続けてくださった花山先生。また塔のお仲間に入れてもらえてありがたく思っています。

二〇二三年十一月

浜崎　純江

塔21世紀叢書第438篇

歌集　ポンポン船行く

初版発行日　二〇二三年十二月二十五日
著　者　浜崎純江
柏市松葉町六―三七―一五（〒二七七―〇八二七）
定　価　二五〇〇円
発行者　永田　淳
発行所　青磁社
京都市北区上賀茂豊田町四〇―一（〒六〇三―八〇四五）
電話　〇七五―七〇五―二八三八
振替　〇〇九四〇―二―一二四二二四
https://seijisya.com
装　幀　花山周子
印刷・製本　創栄図書印刷

ISBN978-4-86198-578-2 C0092 ¥2500E